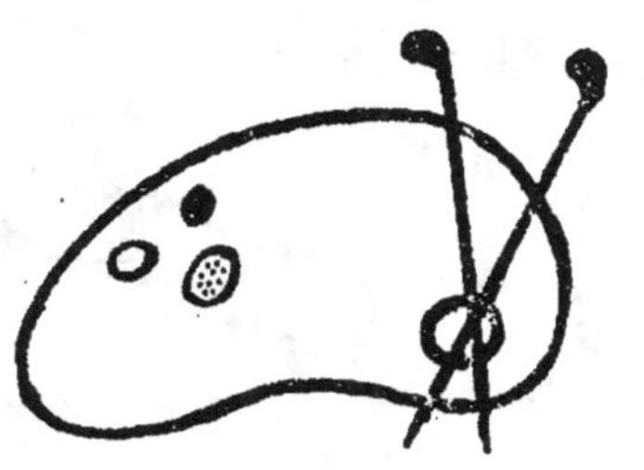

Original en couleur

NF Z 43-120-8

HERMANN-PAUL

LE
VEAU GRAS

— ROMAN DESSINÉ —

PARIS

Librairie CHARPENTIER et FASQUELLE

EUGÈNE FASQUELLE, ÉDITEUR

11, RUE DE GRENELLE, 11

1904

Librairie EUGÈNE FASQUELLE, 11, RUE DE GRENELLE, PARIS

VOLUMES IN-18 ILLUSTRÉS A 3 FR. 50

CAPUS (Alfred). — **Faux Départ**, illustrations de L. Cappiello.......... 1 vol.
— **Années d'Aventures**, illustrations de Hermann-Paul............ 1 vol.
CHAMPSAUR (Félicien). — **Lulu**, roman clownesque illustré, 200 dessins de
maîtres (18e mille).. 1 vol.
— **L'Orgie latine.** Imprimé en caractères Adriol, avec nombreuses illustra-
tions en couleurs hors texte et dans le texte (28e mille)............ 1 vol.
CONTI (Henri). — **Guignol** avec illustrations de A. Minartz............ 1 vol.
DAUDET (Alphonse). — **Fromont jeune et Risler aîné.** Illustrations de
Georges Roux, gravées par Baud et Hamel........................ 1 vol.
— **Le Petit Chose**, illustrations de Méaulle, Saraud, Ginot et Mussol..... 1 vol.
DUHAMEL (Joseph). — **Comment élever nos fils.** — Le Collège de Nor-
mandie, photogravures et plans................................... 1 vol.
FABRE (Ferdinand). — **Sylviane**, avec nombreuses illustrations de Georges
Roux, gravées par Baud et Hamel................................ 1 vol.
J.-L. FORAIN. — **La Comédie parisienne**, 250 dessins, couverture tirée en
couleur (13e mille)... 1 vol.
E. GÉGOUT et Ch. MALATO. — **Prison fin de siècle.** Souvenirs de Pé-
lagie. Illustrations de Steinlen. Couverture tirée en couleur........... 1 vol.
GINISTY (Paul). — **La Marquise de Sade**, avec portraits et autographes. 1 vol.
GONCOURT (Ed. de). — **Les Frères Zemganno**, illustré de nombreux
dessins de Apelès Mestres; couverture tirée en couleur.............. 1 vol.
Edmond et Jules de GONCOURT — **L'Italie d'hier.** Notes de voyage 1855-1856. 1 vol.
GRAND-CARTERET (John). — **L'Aiglon en images**, avec 250 reproduc-
tions de dessins et portraits...................................... 1 vol.
HERMANN-PAUL. — **Deux cents dessins (1897-1899)**................ 1 vol.
HESS (Jean). — **La Catastrophe de la Martinique**, avec 50 reproduc-
tions photographiques, cartes et plans............................. 1 vol.
H.-C. IBELS. — **Demi-Cabots.** Le Café-Concert. — Le Cirque. — Les Fo-
rains, textes de Georges d'Esparbès, André Ibels, Maurice Lefevre, Georges
Montorgueil.. 1 vol.
JULLIEN (Adolphe). — **Le Romantisme et l'Éditeur Renduel.** Re-
lations et souvenirs sur les écrivains de l'École romantique, avec lettres iné-
dites adressées par eux à Renduel. Ouvrage orné de cinquante illustrations,
portraits, vignettes, caricatures, autographes, etc.................. 1 vol.
LIVET (Guillaume). — **L'Amour forcé**, avec illustrations de Tiret-Bognet. 1 vol.
LOUYS (Pierre). — **Les Chansons de Bilitis** (14e mille) tirées en couleurs,
300 gravures... 1 vol.
MAINDRON (Maurice). — **Saint-Cendre**, avec illustrations de A. Puyplat. 1 vol.
NANSEN (Peter). — **Marie**, traduit du danois par Gaudard de Vinci, illustré
par Pierre Bonnard... 1 vol.
QUATRELLES. — **A Coups de fusil**, avec 20 planches hors texte de A. de
Neuville, tirées en quatre tons................................... 1 vol.
SILVESTRE (Armand). — **La Russie.** Impressions, portraits, paysages. Illus-
trations de Henri Lanos... 1 vol.
TOMEL (Guy). — **Le bas du Pavé parisien.**...................... 1 vol.
— **Petits Métiers parisiens.**................................... 1 vol.

LE VEAU GRAS

HERMANN-PAUL

LE VEAU GRAS

— ROMAN DESSINÉ —

DEUXIÈME MILLE

PARIS

Librairie CHARPENTIER et FASQUELLE

EUGÈNE FASQUELLE, ÉDITEUR

11, RUE DE GRENELLE, 11

1901

M. Coffre est un homme sérieux

qui a fait fortune dans les affaires.

Il a épousé Mlle LITIÈRE.

fille de M. Litière, ancien magistrat, et de Mme,
née de La Haie-Dubourg.

IV

1.

Mme COFFRE est une femme sérieuse, elle n'a jamais
eu d'amant.

V

M. et Mme COFFRE ont eu un fils, Albert,

qui a été très bien élevé.

VII

Albert est un jeune homme sérieux

VIII

qui évite les excès de ses camarades

et respecte les amies de sa sœur.

X

Albert, un matin, rencontra Madeleine

XI

Il la suivit.

XII

Les jours suivants, il la guetta.

puis il se décida à l'aborder,

et ils firent bientôt connaissance.

Un dimanche, Albert emmena Madeleine à la campagne.

XVI

Ils dinèrent ensemble

et rentrèrent ensemble.

XVIII

Madeleine gagnait sa vie chez un grand couturier.

Elle avait eu un premier amant,

XX

puis un deuxième,

puis un troisième.

Elle avait même eu un enfant.

Tout cela n'empêchait pas ce pauvre Albert de
se croire très heureux avec elle.

XXIV

Il allait la chercher le soir à la sortie
de son magasin;

XXV

ils passaient la soirée ensemble ;

allaient de temps en temps au théâtre ;

et, le dimanche, quand ils ne se promenaient pas
aux environs de Paris, se levaient fort tard.

XXVIII

Cette existence monotone n'était coupée, pour Albert, que par quelques soirées chez des amis des COFFRE;

XXIX

quelques dîners de famille;

XXX

et, de temps en temps, une soirée consacrée à
sa mère, que cela rendait si heureuse !

XXXI

Cependant quelques mères prévoyantes

XXXII

songeaient à marier Albert, qui, malgré ses
répugnances,

XXXIII

dut céder aux instances de sa vieille amie,
Mme GARNITURE, et accepter quelques invitations.

XXXIV

Il assista donc à différents — mais identiques — bals blancs.

XXXV

On lui présenta Mlle Ève DE LARICHE-PANSIÈRE,

XXXVI

Mlle Sophie LATHUILE,

XXXVII

Mlle Marie Lévy-Kirsch, et bien d'autres.

XXXVIII

Albert manifestant la plus grande indifférence
pour ces jeunes filles,

XXXIX

ses parents en cherchèrent la raison et ne tardèrent
pas à connaître l'affreuse vérité.

ML

« Albert concubin ! » Mme GOFFRE en fit
une maladie,

et M. COFFRE, n'écoutant que son devoir de père,
coupa les vivres à son fils,

et le petit ménage connut des jours difficiles ;

XLIII

mais Albert résolut de gagner sa vie.

XLIV

Il fit antichambre chez un grand nombre de gens.

XLV

Les uns le reçurent bien,

XLVI

les autres mal,

XLVII

d'autres pas du tout.

XLVIII

Partout Albert fut éconduit;

XLIX

mais Madeleine le consolait;

l.

et, en attendant, subvenait aux frais du ménage.

LI

Heureusement, les amis d'Albert, outrés de cette
déchéance,

lui firent honte de son existence,

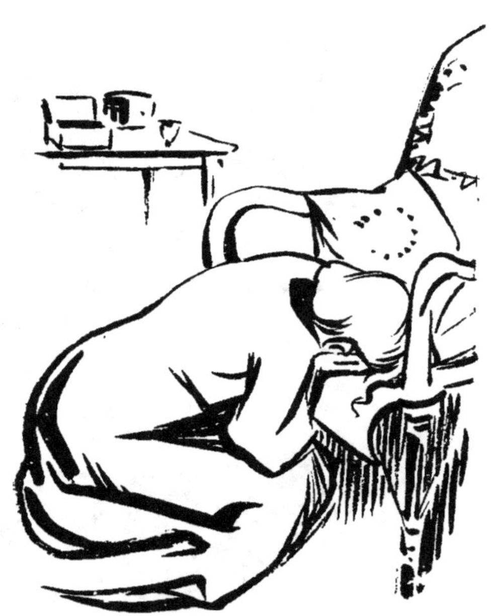

et Albert abandonna Madeleine.

LIV

Albert retourna auprès de ses parents,

LV

et M. Coffre ordonna de tuer le veau gras en l'honneur du retour de l'enfant prodigue.

LVI

Albert retrouva ses amis

LVII

et les amies de ses amis;

LVIII

bref, il reprit une existence régulière.

LIX

Mᵐᵉ GARNITURE reparla mariage,

et Albert dut retourner dans des bals plus ou moins blancs,

où on lui présenta à nouveau des jeunes filles nubiles.

Il ne tarda pas à distinguer Mlle PAUM,

LXIII

fille de M. Paum, le grand marchand de
parapluies, et de Mᵐᵉ, née Bidonde.

Mlle Paum avait, du reste, été très bien élevée.

LXV

Albert fut donc fiancé à Mlle PAUM,

LXVI

et, de nouveau, M. COFFRE fit tuer le veau gras.

LXVII

La noce fut magnifique,

LXVIII

et, le soir du mariage, le veau gras reparut sur la table du festin,

après quoi les jeunes époux filèrent à l'anglaise,
laissant leurs parents en proie à une émotion
bien naturelle.

LXX

Ils firent leur voyage de noce,

LXXI

qui fut un rêve de bonheur.

Ils eurent bientôt un fils,

LXXIII

et, en l'honneur de sa naissance, on retua le veau gras.

LXXIV

Ils eurent ensuite une fille,

LXXV

12.

et, de nouveau, on célébra cette fête en tuant le veau gras.

LXXVI

A la mort des COFFRE,

la fortune d'Albert devint considérable.

LXXVIII

12..

A la mort des Paum,

la fortune d'Albert devint encore plus considérable

et lui permit le veau gras quotidien.

LXXXI

Albert n'eut jamais de maîtresse,

LXXXII

sa femme n'eut jamais d'amant;

LXXXIII

ils s'aimèrent toujours,

LXXXIV

et ils vécurent de longs jours au sein de
la richesse,

LXXXV

de la prospérité

LXXXVI

et du bonheur.

LXXXVII